JN144495

千葉信子

句集

星籠《せいろ》

深夜叢書社

目次

◉随想

カバー写真

Josef Friedhuber
モンゴルの星空

装丁

髙林昭太

句集　星籠

せいろ

二〇一一年

耳は手を打ちたるやうに雪兎

ホと浮きて紙にもどりし雛流し

葱坊主この不確かな喉仏

刃より先に海鼠の堅くなる

腸を省略したる夏の月

脈とんで夏の細胞増殖す

震度6糸瓜は蔓をつけしまま

釣瓶落しに頓服の苦くなる

「かあさん」と声して花火ひらきたり

子供らに臍ひとつづつ明易し

一人分生かされてゐる返り花

すこしだけ蹴つてみやうか烟茸

サングラス癌といふ字の山抱へ

啓蟄や三鬼楸邨手から手へ

日輪の追ひかけている花筏

永き日をよく嚙んでいるハムスター

さくらさくらナースコールを押し続け

ひかりつつひりひり桜かくしかな

告白も告知もありし寒昴

海鼠突く火も俎もあたらしき

うぐいすやけふは蜜すふあそびして
たはたはと息する桃を剝き了る

桃熟れて嫌ひな人を嫌ふなり

白桃は剝けば剝くほど笑ひたり

音たてて光飛び散る蕗を切る

陶枕にをなごのやうな盆の窪

水馬少年兵のイニシアル

狼を裸足で帰す草千里

日焼けして土鈴は玉をひとつずつ

病室の上も病室つちふれり

背中より波にのりたる紙ひひな

灯の漏れる猫の入口楸邨忌

早蕨のげんこつ朝をつれてくる

葉鶏頭なまじの雨を嗤ひたる

若鮎のひとしく水を被てねむる

とけはじむ塩のまはりに塩の春

冬花火この骨壺といふ個室

石鹸玉しやぼんも息も丸裸

ふらここや空の階段後《うし》ろより

口ごもるやうな紅なり臥龍梅

薄氷のはたりはたりと水越える

魔女の星径いつぱいの犬ふぐり

怒るとは粧ふに似たり鬼虎魚

白きもの白く炊きあげ月の寺

きさらぎや刃のごとき魚一尾

骰子のどこにも隙のなき二月

影はみな主をもてり冬座敷

水仙のにほひ腕をのぼりくる

水の夢ついばみ雀蛤に

頚をうづめて凍鶴は線になる

道標の雪のよごれは雪が吸ふ

欠けさうな音してひらく寒牡丹

頭から進む魚群や梅真白

雛市のこんなところに土雛

しばらくは空の上澄み初桜

蘂の字の心の火照り寒明くる

蓮堀りの水ぶすぶすと泥になる

乳飲み子につもるつもりの桜かな

癌告知ゆきひもの雪ほつれだす

太陽が花菜畑を塗りつぶす

水馬うまれくるものみな濡れて

トンネルの先もトンネル山笑ふ

シャッター音かかはりのなき蟬の穴

てのひらの風が実になるしやぼんだま

消しゴムが字を消していく蝸牛

底抜けの土管ころがる神の留守

モンシロチョウ碁盤おおきくつかひけり

ふたり分ゆずつてもらふ春菜かな

赤ん坊のかくまでまろき初湯かな

ほたほたと灰均しけり白障子

落椿鼓動平らになりにけり

冬障子越しの木槌を置きし音

春泥や鳩も鴉も風に向く

木の実ふる水の深さを思ひけり

花溶かす雨ももいろに紙のまち
すずなすずしろ末の子のおぶひ紐

胡桃には胡桃の在所母の声

ゆめのなかにも螢のきてをらず

己が影はらりとはらふ花薄

金泥を溶きたるのみの年用意

大声をたてさうな瘤無月かな

屋根方のそろへて帰る鉾の縄

寒紅や母にもありし指の胝

魚棲まぬ池ずぶずぶと寒に入る

若鮎の口とがらせて水吹けり

梨をむく一人に空の碧すぎる

水禽の胸汚れをり多喜二の忌

電球をからから振りて芙美子の忌

鳩に足ふまれてをりぬ着膨れて

ぶぶぶぶと己をたたむ蟇

東塔の蒔きたるやうな春の鳩

七つ緒の汚れやすくて雪女郎

つぎつぎに山立ち上がる弓初

大空のきしきし動く春キャベツ

つばくらめ鉄の臭ひの朝がくる

芯切つて燭の匂へる桜かな

花ふぶき素彫りの狐ころがして

啓蟄や余熱の残る火搔き棒

向日葵の棒立ちだらだら坂だらり

川あれば川をのぼりて稲の花

桃傷む盥の水の黙しをり

髪ほどく髪みなうごく良夜かな

山下りる水の押し合ふ雪の闇

雪ざくと梯子の巾にくずれけり

日捲りの嵩ざわざわと売れのこる
それぞれに缶のプル引くクリスマス

産みたての巣箱の藁の淑気かな

初御空キリンの頸の前のめり

空蟬のすがりし草の被災せり

ふくらんでとける塩粒春星忌

螢追ふをとこ踊りは手をかへし

隊列を声がくずして冴え返る

みどりごの涙ももいろ大旦

立て塩の一気に透ける鬼虎魚

鳩が胸ならべてねむる一葉忌

晩年や石榴は口を開けしまま

手のとどくところに蛙泳がせて
草の根のくすぐつたくて蝌蚪の紐

のびるだけ伸びる鉄塔枯蟷螂

急ぎますからと須磨子のクリスマス

下書きの跡ある暑中見舞かな

雀いろどき菜の花は菜の高さ

返信は生きていますと花は葉に

一幅の絵を巻くやうに花野行く

二〇一二年

惑星に雪ふるかぎり雪女

三寒四温口紅にあたたまる

睡るには桜が足りぬ血が足りぬ

手袋を少しかじつてから外す

クリスマス自販機ひりひり点りけり

虎落笛トランペットの舌いちまい

月光のころがつている子供部屋

龍天に昇る旧約ヘブライ語

咳すれば螺旋階段棒になる

内緒でもなんでもなくて寒卵

鮟鱇の捌かれるたびあるがまま

ジーンズのスパーンとかはく蝿叩

夏星やジャズの低音濡れている

野茨にちりちりちり雨の降る日かな

髪洗ふ日食の水やはらかし

しやぼんだま空の回転扉あく

ほうたるの骸けもののにほひする
モネのさざなみ草の実の金色に

綿虫に遭ふ懐の舌下錠

大根の穴十列に村一揆

雁や鞋一枚づつふせる

山頭火八巻積みて寒明くる

産声の量られてゐる裸足かな

土雛の厚き袖口鵜のにほひ

春疾風片仮名書きの処方箋

しぼむなよ葩もちも埋み火も

原木の通し番号雪女郎

蟻地獄深山は雲を呑みこめり

ひとまはり大きな父の冬帽子

足抜けば水が濁りて桜桃忌

涸井戸の砂走らせて雨蛙

一寸も一尺も盾冬の蟲

薄氷をすべりし風のちりぢりに

鯉のぼり大欠伸して畳まれる

すずなすずしろ嬰あやすごとすすぐ

口角は持戒のかたち蟾蜍

めつむれば孑孑になるかもしれず
さくらさくら雨になる雲ならぬ雲

桜澄むところ木霊の棲むところ

水打つて地球の深さ疑はず

ほととぎす灰のなかには火の遺骨

舌下錠しんそこ蝶のなまぐさし

桜桃忌一糸まとはぬ空があり

罔象女あらせいとうにきて薫る

鬼になる子もならぬ子も柿囓る

神の留守汚れて退る縄梯子

まないたの海鼠どこから叩こうか

雪に産みまた一人産み吾子とよぶ

豆腐屋の薄刃ひらりと七月へ

目力のふつともどりし更衣

にんげんもそよいでをりぬ風の盆

自販機のコーヒー落つる良夜かな

恋猫の想定外の帰宅かな

ことごとく倒れて曼珠沙華の影

するすると象の鼻にも春の雪

もう急がなくてもよいと桜かな

二〇一三年

雪うさぎ着のみ着のままゐなくなる

追ひかけよ一カラットの雪女

寒紅やためらひもなく嫌といふ

どの子にも耳ふるはせて雪うさぎ

二〇一三年

ひよんの笛一番星を置きに行く

短夜の空気が抜ける非常口

寒卵も卵キルギスはキルギス語

一日を横書きにして日向ぼこ

左手のための右の手トマト煮る

浮き上がる茄子より青き眉を引く

いつからか笑つていない蛞蝓
心太はらわたのなき突かれやう

躾糸抜きたるごとく天の川

さくらさくら門のごと風生まれ

象の足ずずんと上がる葱坊主

負ひし子の臀ぶら下がる草田男忌

蜩が鳴くから伐れぬおおきな樹

冬の大三角形は尾を垂らす

鳥瞰図雲の如くに懐手

エチュードの黒鍵しんと寒に入る

落椿ふたたび道の現はるる

どの爪もつかひ減りして薄氷

本籍は射手座ホワイトクリスマス

また水になりはしないか新豆腐

九月尽耳のまはりの星ふゆる

日輪のすみずみつかふ蟬時雨

少年の五感を奪へ青嵐

心音は中原中也夏帽子

八月の人を降ろして象すすむ

貝の紐あやとりのひも春隣

春一番シュークリームのシューが好き
あたたかし日を当てて売る土のもの

しやぼんだま雌花雄花のあるやうな
花種を蒔くだけの土地買ふことに

翡翠やピエロの手足よく動く

眼の上に鼻すべらせて象の春

ポケットは指つくところ虎落笛

たつぷりと産湯をつかふ淑気かな

水中花吹かれ前言ひるがへす

数へぬと決めし螢火かぞへてる

二〇一三年

蛇穴を出で根のやうに息吐けり

水霜や父の万年筆つかふ

生涯の一句がほしいつづれさせ

もみずれる水の実となれ櫂雫

二〇一三年

まつ青に雄蘂溺れる水中花

青梅を叩く二の腕見られけり

すずなすずしろふるさとを同じうす

白桃の傷ひとつなき明日は明日

花筏伸びて日向の混みあへる

雛霰われをはなれる吾おそろし

竹皮を脱ぐ酢のやうな雨のなか

力瘤つけて南瓜の花ひらく

ひときれの白桃皿になりすます

裾はらふやうに曲がりて花筏

荒縄のまなかを焦がす秋の声

にんげんのからから生くる原爆忌

二〇一三年

きつねのかみそり何もかも飛沫

梅一輪産着に紐のなかりけり

こんなとき人が恋しい草鉄砲

花筏夫よりながく生きてゐる

二〇一四年

釣瓶落としに福島の表土剝ぐ

ふるさとはフクシマとだけ蘖《ひこばえ》る

からつぽの夜明けの胎を冬といふ

初蝶の脈打つている水輪かな

逝きし子にまた打ちかへす紙風船

赤ん坊のカメラ目線や女正月

塩出しの塩梅八十八夜寒

父の日や黒傘の骨十六本

ガム噛んで目尻のかはく桜桃忌

螢の死だれも返事をしてくれぬ

粽結ふ親指小指嫁の指

青山椒ヘルパーが来て喋りだす

毛虫焼く青き骸にしてしまへ

草は根を真つ逆さまに原爆忌

月光の食べたいものを食べにいく

茶柱のおもむろに立つバレンタイン

二〇一四年

水の穴すとんと閉じる螢の夜

晩年や消し壺の底あたたかし

睡りても鷺草の嘴ぬれてゐる

鬼灯を揉めば陽ざしも子も笑ふ

二〇一四年

聖者らの覚めゐるごとく羊草

日と月のあはひに咲けり茄子の花

攫はれてみたき朝なり酢茎切る

煙突は煙突のまま巴里祭

石鯛の転生ちかし走り梅雨

早口の少女雷連れてくる

一塊の雲湧くところ栗の花

芙美子忌の腹の足しにもならぬ雲

羽抜鶏しばし己を見てをりぬ

野の色の空にうつりし大根引き

雪婆《ゆきばんば》チーズのとける匂ひして
春隣歩けるところまで歩く

手術着の紐片結び春隣

鬼灯の一鉢改札口出づる

夏草や貧しき村を平らげる

外科病棟壁垂直に明け易し

曼珠沙華ぞろりと影をへこませる

夏帽子だあれもゐないけふきのふ

食べかけのビスケット捨て夏了る

雨音にころがつてゐる蛇の衣

二〇一六年

訃の報せドミノ倒しのごと冬至

牛乳の膜破れさうレノンの忌

日と月の間ひに置きし囮籠

牡丹を怖がらなくてよいと剪る

香水の一瞬完全なんてない

釜石の秋刀魚よ尖るだけ尖れ

車椅子ごと傾けて逢う鵠

鯛の方へ方向指示器だす

楸邨忌根のあるものは根を太く
鳴きさうな鶯餅のふたつかな

地の底の潰れてをりぬ黴の花

生者等の出でて旱の刃物市

蟬の穴言ひたきことを忘れたり

ざわざわと風を殺めて毛虫焼く

向日葵の種のひしめく中の鬱
つややかに螢かさなる塩の道

捌け口の光がまろし蚊食鳥

あきる野の雨雨雨雨草田男忌

蜩が鳴くから癌を切り落とす

風の透く方へかたより山の繭

すすきかるかや其処までとこれまでと
禽獣虫をにがして山鳴りす

ころがれり笑ふほかなき衣被

穴惑ひ日向ちいさくちさくなり

二千羽の白鳥浮かぶ告知の日

白鳥の匂ひの中へ車椅子

風垣を抜ける光ゲあり穴惑ひ

馬冷やす未だ塩の道塩の道

鬼になるあそびビー玉うつあそび
赤目してオルガン奏者婚約す

ひとり居の死ぬまでのびる髪洗ふ

翼ひろげて薄氷の息づかひ

二〇一六年

暖かし御下がりといふ贈り物

少年になりきつている裸の木

父に父ありて積乱雲太る

硝子切る音も紙裂く音も寒

二〇一六年

ふつと発つ仕立ておろしの良夜かな

宇宙より人声届く芋の露

ひりひりと月下美人のふくらめる

秋めくと誰かが言へり美術館

二〇一六年

獺祭忌潮より雨のみどりなる

随想

「草笛」のこと

父は、心の内面に関心を持つ人だったから、タフな精神が要求される政治記者には向いていなかったのかもしれない。寡黙で素敵な父だった。いつしか父の使い捨てた禿びた鉛筆は玩具となり、見よう見まねで私は五七五を綴り始めた。
やがて東北で新しい生活を始め、平泉の中尊寺で野点の席を設けたある日、「夏草俳句大会　選者山口青邨先生」のサインを目にした。「俳句」の文字まで近づくと、「なんでもいいから五七五で書いてごらんなさい」と短冊を二枚渡され、そのまま中へ招じ入れられてしまった。

春雷のとゞろき合ひて渓越ゆる
愛告げず蓬つみゐる日もありし

この二句は少し前から温めていたものだったが、会場で形にして投句したところ、思いがけず青邨先生の秀句に選ばれた。これが縁で一関俳句協会に入会させていただき、それから多くの先輩達から俳句の手ほどきを受けた。ところが、どこへ行っても周りは男ばかり。「俳句とは男のすることか」と妙に納得していたのを思い出す。おかしな話である。

いつしか東京生まれの私は、みちのくを第二の故郷と感じるようになっていた。俳句結社「草笛」を知ったのがこの頃だから「草笛」には不思議な縁を感じる。多作多捨の楽しさ教えてくれたのも「草笛」だった。当時の私は「草笛」が届くたび崑ふさ子の名前を探した。ただ女流俳人というだけで眩しかった。今でいう追っかけなのだが、なかなかお目にかかれずにいて、亡くなる数年前にやっとお会いした。もっと早くお目にかかるべきだったと思う。

当時、俳句をする女性が今ほど多くなかったから、全国大会での披講を仰せつかったり、岩手放送による俳句番組に何度か出演した。講師は法師浜桜白だった。まだ白黒テレビの古き良き時代のことである。

やがて「風紋」二十句で同人に推され、さあこれからという時に悪性貧血で倒れてしまった。それから帰京して療養の日々を送る。

もし私の俳句に影があるのなら、それはこの時期のことと関係があるのかもしれない。再起不能と言われながら十七文字を舌に綴り続けたこの数年間が影ならば、その影がその後の私を支えてくれたのだから。

湯畑の波ちりちりと十二月
きさらぎや装具のなかの化粧筥

これまで私はその時その時を精一杯生きようとしてきた。その私の体質と俳句という短い詩形は合っていた。言葉は狩猟に似ている。静かに待ち、姿を現した瞬間に捕らえなければならない。その言葉が言葉になる瞬間を捕まえることに私は全精力を傾けた。

なかなか言葉が現れないとき、ことば遊びに走ったこともある。だがやはり言葉はできるだけそっと待つべきだと思う。徒に省略し過ぎて言葉が痩せてしまったり、手を掛けすぎて煩くなったりする。捏ねくりまわしてはいけない、そう思う。年を経た今、私の内部の韻きに一層耳を傾けるようになった。誰かに共感を求めても、まず自分自身の韻きと調和しないうちは言葉になってくれないことに気がついたのである。

己の影ゆらりとはなす金魚売り
泳ぎきて十五のひかり滴らす

ろうそくの終ひが灼くる地蔵盆
ものの怪の百摑みして蛇の衣
青葡萄ピエロは縦の目をとづる

平成七年から二年間は主人の仕事の関係で中国に渡った。流暢に中国語を操ることのできない私には、ドアを開閉する音も自動車のクラクションも中国語に聞こえていた。この時ほど日本語に飢えたことはない。その後、北京大学の学生と日本語について議論する場を与えられ、やっと自分自身を取り戻すことができた。二年間毎日のように漢字の国の若者たちと日本語について話し合っているうちに、私の内面にある言葉とその韻きを独り歩きさせてみようと思った。

李白の詩行李に貼りて水中り
西安の簡略字体夏つばめ
絓糸の匆体冬日つかひきる

絓糸の句は何の下書きもなくふっとできた一句である。

（「草笛」二〇〇二年八月）

螢

螢の里は新幹線上毛高原駅のすぐ前だというのに深い翠の闇が迫っている。鬼灯のような丸い灯籠の続く生暖かい径が伸びる。とうとう螢見たさに月夜野町まで来てしまった。

「とんでもない、自然の螢ですよ。ここまでくるには随分失敗しました。螢と根比べでした」。養殖流行りのご時世ゆえ誰かの愚問に町の観光課の職員が答えているのだろう。ゆっくり堀川をのぼると、雑木林を抱えた不揃いな田が一枚ずつ水音をたてている。そこだけ涼しい。

螢の里の闇にすっぽり嵌まって数分後、新幹線が横切った。それから互いに声をかけるのも忘れて螢を探し始めると、突然源氏螢が現れ眠っていた草々を起こし始めた。言い合わせたような光の饗宴である。

急に、何年か前に放映された螢の木の映像がよみがえる。アジアのどこかで、まるでクリスマスツリーのような何十万の螢の群れが雌を呼ぼうとして一斉に光る。ジャングルの川の深夜そこだけが光る。やがて合図の手が挙がり、地軸がぐらりと揺れたような静けさになる。そして青い光の束は黒い骸となって川を埋めた。

ようやく闇に慣れた耳に源氏だ平家だと騒ぐ声が妙に明るい。「昔は竹箒を、ほれ、このように振ると、箒の穂にほうたるが飛び込んできたものよ」。前を行くひとが懐かしそうに扇子をかざした。螢は雫のように見えただろう。平家螢のやわらかな曲線がゆっくり闇をふくらませた。

「あのね、雨がね、ぼくの指に止まったよ」。子供の声を追いかけたことが遠い昔になった。螢がひとつ止まり今わたしの髪の雫になった。

ほうたるや箒の中のひとしづく　　信子

（「青樹」一九九九年七月）

モンゴルの星

朴さんとお別れして早や四年目の夏を迎えました。幾度となく投函した長い手紙も悉く戻って来て、どうしたものかと案じながら途方もなく広い海の向こうの中国に思いを馳せています。

才色兼備で六カ国語を流暢に操る北京大学時代のあなたの長身を夢に見ることがあります。モンゴルを故郷にもつ透き通る声や切れ長な黒い眸は、日本を離れてホテル暮らしを余儀なくされた私には心強く感じたことでした。

そうそう私がはじめてモンゴルに着いた日は暑い昼下がりでした。空港から高原に向かう長い道は埃をたてて時間ばかり過ぎます。蕎麦の赤い茎が山肌を塗りつぶすころ、突然小さな町が現れ音符のようなモンゴル文字の嬉しい出迎えを受けました。軒を連ねる刃物屋も瓜を積み上げた万屋も、成吉思汗の肖像を掲げていて駱駝の臭いのなかを祈りの歌声が広がってゆくのです。

羊の肉を削り歌をうたうときのあなたの、大学では見せなかった笑顔のチャーミングだったこと。

草原は一足早い秋草が精一杯花をつけ、羊の群れが幾百もの影を曳いていました。焼けつくようなお酒やカフェオレに似たお茶で幾度も乾杯しました。水牛の角を捲いた銀の大杯を重ねるうちに私はもう遊牧民の気分でした。

祝いの牧歌も踊りも体中を暑く駆け抜け、包の壁には夕立のかけらも、高粱酒の臭いもなく、ただ一つ風が戸を鳴らすだけでした。大きな星座はゆっくりと移動し、明るすぎるほどの渦を解きながらまるで生物のように丘を埋めつくしてしまいます。

果てしなく続く高原はお碗を伏せた形で、その下の地平線に夕日が沈みます。やがてダイヤモンドのような星が煌くのです。私は寒さを忘れて立ち尽くしました。

一度も来たことがないのに懐かしい感情がこみ上げ訳もなく涙が溢れました。モンゴルの巨大な星籠の中で包がテントを下ろし深い眠りにつくころ、朴さんも黒い髪を束ねて寝返りを打っていました。昔からこの地に乞食はいないという言葉が思い出されます。今日も鶏が鬨をつくり、馬が駆け、羊や豚や小鳥や数知れぬ虫までが命を育んでいます。

大きな蠅が群がる厠は日を浴びて、不思議に臭くありません。ただ強烈で綺麗な風の中では、ありとあらゆるものが空の一部でした。

ある晩、朴さんからいただいた日本語のメモには、

モンゴルの酒も羊も灼けている
と書かれていました。初めての俳句にしては出来過ぎです。
ところでカフェオレに似たあのお茶が馬乳だと知ったのは最近のことです。それで
はお会いできる日まで再見。

をとこ名の草を倒して星奔る　　信子

（「青樹」一九九九年八月）

ひなさんの話

　ひなさんの話をしようと思う。

「今日は全然聞こえなくて」。補聴器のボリュームが合わないのか金属音が鳴り止まない。しきりに耳を押さえたり首を振ったりする。

「先生、私、中々上手くなりませんで、ほんに恥ずかしくて恥ずかしくて……」

　そうはいっても拡大鏡と補聴器の調子さえ良ければ必ず高点句を攫ってしまうひなさん。

「俳句が好きでみんなと会うのが楽しくて、六年間ご厄介になりましたけれども、もう無理です。耳元で話して下さる先生の声を聞き取るのがやっとで、あとは訳が解らずにただ座っている始末。先日は帰ってから声を上げて泣きました」

　八十を過ぎたひなさんの「もう無理」という言葉は、ぎりぎりの選択かもしれないと思ったりしたが、やがて句会の十人が揃うと、ひなさんにいつもの笑みが戻った。

　そして事情を察した一人が口火を切った。

「いいじゃないの。楽しいんだから。この句会はみな同年輩じゃない。それに一カ月に二回よ。会いましょうよ。私だって杖ついて来ているじゃない」

「でも、みなさんの足を引っ張るようで」

「淋しいこと言わないで。止めちゃ駄目。私なんか入会した時最初に覚えたのはひなさんの句だったのよ。感動したのよ。すごく」

私は黙ってお茶の用意をしていたが、皆が彼女を励まし始め、今まで見たことの無い熱い空気が部屋に流れ出した。そして誰かが突然「先生の処のお茶美味しい」と叫んだ。

「今日のは特別。真心がこもっているもの」

そう言いながら私は一人一人にお茶を手渡し、笑って句会を始めた。

あれから一年が経つが、ひなさんは今でも句会に来て、誰かの冗談に肩を竦めてみせる。

草々に日のゆきわたる朧かな　　信子

（「青樹」二〇〇六年六月）

ことばの銀河——詩と永遠

齋藤愼爾

千葉信子さんの第一句集『縦《たて》の目』（角川書店）は、平成十七年（二〇〇五）十一月に刊行されている。かれこれ十一年の歳月を閲したことになる。俳歴六十三年余で一冊は、さすがに少ないのではないかと思われるかもしれないが、私のような旧人類世代には、〈一世一家集〉という黙契、つまり句集を出すということは一世一代の大事という想念が、常識であるかのように受け継がれてきたように思う。還暦にでもなったなら、記念に出そうかというのが、大部分の俳人の夢だったはずである。近年来の碌に推敲もしないような句をつめこんだ豪華な句集が矢継ぎ早に出版されるのを見ると隔世の感がし、嘆息が出る。

句集刊行に消費される大量の紙。紙は樹木の繊維を原料に漉き、パルプとして製造される。木材を輸入することでも、わが国は世界のトップ級だ。薄紙のようなパルプ俳人とバブル（泡沫《あわ》のような）俳人の氾濫。樹木の乱伐に環境破壊、環境汚染が進行する。四季の自然を愛するといわれている俳人は知ってか知らずか、森林の荒廃に加担しているのである。わが国は公害を外国に輸出することでも他国に比べ、突出している。句碑の建立にしても同断であろう。俳歴五年にして六基もの句碑を建立した豪の俳人を知っているが、いずれ句碑公害、道を歩くと句碑に躓く日は遠くないのではないか。

因みに飯田蛇笏とその息子の龍太は生前、自分の句碑の建立を許さぬなど厳しさを貫いて生きたことで知られる。矢島渚男氏は「蛇笏俳句の格調の高さは、その峻烈な生き方のもたらすものであった。蛇笏賞はいま俳壇最高の賞とされるが、句碑の数を競うような俳人たちは、最初からこの賞の対象から除外するのが蛇笏の精神というものであろう」と言っている(「東京新聞」二〇〇〇年四月十七日—五月二十七日)。

矢島氏はその十五年後、つまり平成二十七年(二〇一五)蛇笏賞を受賞したが、勿論、句碑など建てていない(それより句碑を持つ俳人を除外したら、蛇笏賞は消滅するのではないか)。

句集『縦の目』は稀覯本として現在、手に入れることは難しい。未見の読者のために、少しく同集について書いておきたい。書名は〈青葡萄ピエロは縦の目をとづる〉(平成十三年「青樹」七月号に収載された句)から取られた。主宰の長谷川久々子氏は、

道化役者であるピエロは化粧も衣装も奇抜である。白塗りの顔に紅を入れた大きな口、丸い鼻に縦に描かれた双つの目が実眼と交差して星のような感じ。だぶだぶとした服に

おどけた仕草で観客を喜ばせるが、小さい頃には少々恐かった記憶が残っている。舞台裏へ引き下がった景か。一入の哀感を覚える作。

と「序」のなかで評されている。俳句にピエロが登場するのは珍しい。幼い頃のサーカスの思い出であろうか。

千葉信子さんが生まれた昭和五年（一九三〇）は、鷹羽狩行氏が生まれ、初の女流主宰誌、星野立子の「玉藻」、山口青邨の「夏草」が創刊された年でもある。その三年後の昭和八年（一九三三）は、ナチスが政権をとった年で、日独親善のためにハーゲンベック・サーカスがやって来た。七千トンの汽船をチャーターして専用貨車十数台、五千人収容の大テントを積んで横浜に入港したサーカスは、それまでの日本のサーカスの概念をひっくり返すような大がかりのものだった。象五頭、ライオン十一頭、虎十九頭。犀、ラマ、グアナコなど珍しい猛獣や動物がオーケストラの伴奏で高度に洗練された芸を披露したのである。

三歳になった千葉信子さんが、両親に連れられて見物したかどうか。公演は大成功。宣伝に作られた「サーカスの唄」は、松平晃が歌って大当たりをとった。「旅のつばくろ　寂しかないか／おれもさみしい　サーカスぐらし／とんぼがえりで　今年もくれて／知らぬ他国の　花を見た」（西條八十作詞）

「青葡萄ピエロは縦の目をとづる」からはサーカスのジンタが聞こえてくる。アセチレンガスの匂いもし、なぜか胸をかきむしられるような思いがする……。長谷川久々子氏に倣って、

「葡萄」と「目」の連想を私が引くとすれば、眷恋の歌人、葛原妙子の二首である。

口中に一粒の葡萄を潰したりすなわちわが目ふと暗きかも
月蝕をみたりと思ふ　みごもれる農婦つぶらなる葡萄を摘むに

ところで千葉さんと俳句の出会いとはどういうものであったか。随想「『草笛』のこと」(「草笛」平成十四年八月号)によれば、昭和二十八年(一九五三)、平泉の中尊寺で野点の席が設けられた日、偶然、山口青邨主宰「夏草」の「俳句大会」に遭遇し、いきなり、「なんでもいいから、五・七・五で書いてごらんなさい」と短冊を二枚渡され、そのまま中へ招じ入れられたらしい。俳句らしいものを以前に作っていたので、少し前から温めていた句を投句してみた。

春雷のとゞろき合ひて渓越ゆる
愛告げず蓬つみゐる日もありし

この二句が共に山口青邨選の秀句選に入った。二十三歳の時のことという。同年、ある不思議な縁で「草笛」へ入会。同人を経て、平成五年(一九九三)長谷川久々子主宰「青樹」に入会、翌年、同人に推挙される。青樹賞を受賞し、同人巻頭も受賞(数回)するなど活躍、現在に至る。『縦の目』には、青邨選の「春雷」の句は収録しているが、「愛告げず」の句は入集していない。二句とも入れてよかったのではないか。

長谷川久々子氏が序文で言及した句の幾つかを引いておこう。

長男誕生

雪はまんだら息ふかく妊れり

次男誕生

胎の子にほたるほうたる降るは降るは

長谷川主宰は一句目を「未だ体内とはいえ命の芽生えに心を昂らせている作者の息遣いが伝わってくる作」といい、次句にも「やはり母胎で息づいている命の姿である。胎児と楽しんでいる螢の乱舞。一途な愛情の揺曳する句である」と讃辞を惜しまない。「雪はまんだら」と敢えて曼陀羅という漢字を用いず、平仮名で表記したこと、雪が降ることで、天上と地の間《あわい》を象徴させ、一つの生命を孕むことが天地創造と同じ次元であることが提示される。

寒卵ふたつ男の子がふたり

縒糸の勿体冬日つかひきる

曾良に雲凡兆に日の桜かな

ほうたるの炎のほかは濡れてをり
紐の端くはへて結ぶ一葉忌
本当は火の鳥の糞《まり》牡丹の芽
息見ゆるほど近寄りて冬牡丹

今回、句集の帯文をお願いした瀬戸内寂聴さんは、この「息見ゆる」の句を読み、「牡丹は蕾の時から美しい。やわらかくふくらんだ宝珠のような蕾を見ていると、その中にどんな美しい花の夢が隠されているかと、こちらの胸までときめいてくる」と語ったものである。

紅葉山口中くらき熊野の面
紅の風の出てゆく夕花野
ほうたるや箒の中のひとしづく
奈落には奈落のならひ梅雨の蝶
血のうすくなるまで泳ぐ桜桃忌
繭になる蚕の息の見えずなり
山葡萄あれは谺の熟れしいろ
冬蝶の翅におくれて日がながれ
息吸ふは一瞬ほたる初螢

虎落笛鬼女が一番星摑む
侘助が暮れ寒山も拾得も
赤ん坊のすとんと眠る花の山

さて渇望していた第二句集『星籠』である。平成二十三年（二〇一一）の作品から、平成二十八年（二〇一六）現在までの作品を収録する。千葉さんの八十一歳から八十六歳までの新作である。「あとがき」を読んでいただければおわかりになるように、目下、千葉さんは、大腸癌の開腹手術をして以後、寝たきりになっておられる。「句集を出すことは千葉さんの生きる元気の素になる」と御子息の秀樹さんに言い、校正刷りを三年前に渡していながら、今度は私の精神的身体的な事情で、こんなにも延期したのである。こんな事は私の人生でも初めてのことである。お詫びで済むことではない。正直に申し上げるが、この三年間、一日といえど心休まる日はなかった。千葉さんの容態の変化を恐れ、怯えた。電話が鳴るたび凍りついた。と同時に千葉さんの恢復をひたすら神仏に祈った。それだけが私の救いとなるまで、追いつめられていたのである。幸い私は恢復することができた。奇蹟的にも千葉さんも元気に句作までしているときく。神仏のお蔭もあろうが、千葉さんの強靱な精神力、作家魂の賜物だろう。一刻も早く出版作業を進め、出来上がった『星籠』を直接、お届けしたい。寂聴さんの〈激励〉の言葉も必ずや届くと信じる。

このような私的な内的混乱を貴重な句集のなかで吐露して申しわけなく思うが、本句集は千葉信子という閨秀を愛する仲間たちにまず読んでもらうことを願っている。そうした未知の「仲間」たち（本句集を読んでくださった、あなたです）の善意に甘えることを御海容下さい。

拙文は「千葉信子さんの俳句について語る」ことになっているので、『星籠』ばかりでなく、前著『縦の目』をも往還したいと思う。たとえば『縦の目』に、

カフカ閉づ黴の臭へる黴のいろ

の句がある。句の中に自らの読書体験を詠み込んだ句はよく見かける。しかし、宗田安正、高澤晶子氏らの句を除き、カフカはめったに出現しない。それだけにこの句を読んだときは、一瞬、驚いたことを覚えている。五七五音の頭韻が、カフカの「カ」（黴《カビ》）で表現されている。

カフカ（可不可？）は一八八三年―一九四四年の生涯を送ったプラハ生まれ。現代人の孤独と不安を象徴的リアリズムの手法で描き、『変身』『審判』『城』など実存主義文学の先駆的作品を創造している。『カフカ短篇集』（池内紀訳、岩波文庫）に「掟《おきて》の門」という、わずか三頁にも満たぬ掌篇がある。田舎から出てきた男が掟の門の前にやって来て、門番に入れてくれと頼む。門番は「だめだ」と言う。男はあとでなら入れてくれるだろうと思い、門の脇に座って待つ。門番に贈り物をするが、それでも入れてもらえない。永い歳月が過ぎ、男は

衰え、死が近づいてくる。意識の薄れゆく男は最後の質問をする。「この永い年月のあいだ、どうして私以外の誰もやってこなかったのだ」。門番には男のいのちの火が消えかけていることがわかった。うすれゆく意識をよびもどすかのように、門番は大声でどなった。「ほかの誰ひとり、ここには入れない。この門は、おまえひとりのためのものだった。さあ、もうおれは行く。ここを閉めるぞ」。

カフカは自作にきびしく、自分が書いたおおかたが「みじめな失敗作」だった。そのなかで「掟の門」は例外で、日記では、われながら「満足のいく作であって、幸せな思い」を抱いたりしたと書いているという。生前のカフカをいち早く評価した評論家の一人、クルト・トウホルスキーは、これこそ「純粋散文の見本」と言っているらしい（参照、「カフカのかなたへ」池内紀）。

読む人の数だけ解釈が生まれるだろう。私は人間の宿命の非情、残酷と、その対極の恩寵、僥倖といったものを暗示され、いつも厳粛な気持になる。

「かあさん」と声して花火ひらきたり
急ぎますからと須磨子のクリスマス

他の誰もが作句しえない千葉信子さん独特の不思議な世界である。「かあさん」と声を発したのは花火なのか、背に負うた子の声なのか、花開く花火を聴覚でなく言葉に、文字にしたら、「かあさん」になるのだろうか。抵抗のカチューシャこと松井須磨子（明治十九―大正八）は何に急いだのか。この言葉に太宰治の愛したプーシキンの「生くることにも心急《せ》き、感ずることも急《いそ》がるる」を重ねてみる。全身全霊をなにかに賭けたい、と新しい時代の女優を志した須磨子は開設されたばかりの文芸協会演劇研究所の第一期生となる。

明治四十四年（一九一一）、文芸協会第一回公演の「ハムレット」で、オフィーリアに抜擢され、ついで私演場での、イプセン作「人形の家」の主役ノラで好評を博す。明治末年の「青鞜」派の登場ともあいまって、社会劇・問題劇のヒロインを演じた彼女は〈新しい女〉として、はなばなしくもてはやされることになる。師の島村抱月との恋愛問題が生じたのもそのころであったらしい。大正三年（一九一四）、「復活」を上演、須磨子の歌った劇中歌「カチューシャの唄」は全国的流行となる。七年十一月五日、スペイン風邪に罹った抱月は急逝。須磨子は失望落胆し、二カ月の困惑と混乱の果てに、大正八年（一九一九）一月五日早朝、芸術倶楽部の小道具部屋で、抱月のあとを追って自ら縊れた。行年三十四。昭和二十八年（一九五三）、信州・松代町に「須磨子演劇碑」が建立。須磨子自筆の「カチューシャの唄」の碑はこう彫ってある。

「かちうしや／可愛や／別れのつらさ／せめてあはゆき／とけぬ間と／かみに願ひを／ララかけませうか／すま子」（註・改行なしに引用）

雪はまんだら息ふかく妊れり　『縦の目』

寒卵ふたつ男の子がふたり
月光のころがつている子供部屋
雪に産みまた一人産み吾子とよぶ

『縦の目』

平安時代後期の歌謡集『梁塵秘抄』巻二にある「遊びをせんとや生れけむ、戯《たはぶ》れせんとや生れけん、遊ぶ子供の声きけば、我が身さへこそ動《ゆる》がるれ」の、生の根源にある何かを突きつけられた気持になる。『星籠』の佳吟を引く。

サングラス癌といふ字の山抱へ
日輪の追いかけている花筏
告白も告知もありし寒昴
灯の漏れる猫の入口楸邨忌
ふらここや空の階段後《うし》ろより
影はみな主をもてり冬座敷
欠けさうな音してひらく寒牡丹
雛市のこんなところに土雛
蘂の字の心の火照り寒明くる
胡桃には胡桃の在所母の声

ゆめのなかにも螢のきてをらず
芯切つて燭の匂へる桜かな
川あれば川をのぼりて稲の花
晩年や石榴は口を開けしまま
一幅の絵を巻くやうに花野行く
惑星に雪ふるかぎり雪女
睡るには桜が足りぬ血が足りぬ
虎落笛トランペットの舌いちまい
蟻地獄深山は雲を呑みこめり
足抜けば水が濁りて桜桃忌
ほととぎす灰のなかには火の遺骨
追ひかける一カラットの雪女
ふるさとはフクシマとだけ蘖《ひこばえ》る
初蝶の脈打つている水輪かな
父の日や黒傘の骨十六本
ガム嚙んで目尻のかはく桜桃忌
螢の死だれも返事をしてくれぬ
草は根を真つ逆さまに原爆忌

晩年や消し壺の底あたたかし
日と月のあはひに咲けり茄子の花
野の色の空にうつりし大根引き
曼珠沙華ぞろりと影をへこませる

千葉さんの句には星恋の句が多々見られる。千葉さんには昼の星も見えるのだろう。真っ昼間でも星が頭上近くにあるのに、強烈な光の氾濫のため人間の目と耳の無力、限界が見えなくさせているだけの話だ。星が見えるということは、星の光が私たちの目と出会うということか衝突するということである。何千年か前に旅立った星の光を、私たちは見る。数千年という時空がそこでは一挙に超えられている。

宇宙が無の状態からビッグバンで出来る、そのときの残り火の電波雑音が、現在も残っていることを佐治晴夫氏ら科学者は告知している。宇宙開闢のときの残り火の火が、私たちの頬に知らず触れている。つまり宇宙と触れ合っている。私たちはいま宇宙の開闢に立ち会っているのだ。

ビッグバンの理論が出て来て以後、現代の宇宙論は限りなく哲学に、神学に接近しつつあるように思われる。千葉信子さんの密やかで深遠な精神性がたちあらわれている俳句は、この哲学、神学（宗教性）を内包していることを証している。

私がしばしば引く章句だが、ロマン派の詩人ノヴァーリスに「見えるものは見えないものにさわっている。聞こえるものは、聞こえないものにさわっている。それならば、考えられるものは、考えられないものにさわっているはずだ」(「断章」)がある。大岡信氏がこれを敷衍して「有限なるものにさわっていることは、じかに無限なものにさわっていることだ」と記述した。千葉信子俳句の無限の深淵性を解読する際に有効な手掛かりとなるのではないか。

爛々と昼の星見え菌《きのこ》生え　　高浜虚子

虚子の高名な句を世の俳人は「ありえない、フィクションだ」と一笑に附した。柳田国男は「故郷七十年」(定本『柳田国男集』別巻第三)の中で、千葉県の布川での「ある神秘的な暗示」について回想している。中庭に小さい石の祠があった。その家のお祖母さんを屋敷の神様として祀ってあったのだ。十四歳の時だったという。こっそり、恐る恐るその扉を開けてみると、そこに綺麗な蠟石の珠が一つ入っていた。
「その珠をそうつと覗いたとき、フーッと興奮してしまつて、何ともいへない妙な気持になつて、どうしてさうしたのか今でもわからないが、私はしやがんだまゝよく晴れた青い空を見あげたのだった」。空には星が見えた。数十の星だった。昼間見えるはずがない星が見えた。「そんなきれいな珠があつたので、非常に強く感動したものらしい。もしもだれかそこにもう一人、人がゐたら背中をどやされて眼をさまされたやうな、そんなぼんやりした気分になつてゐるその時に、突然高い空で鵯《ひよどり》がピーッと鳴いて通つた。さうしたらその拍子に身がギュッと引きしまつて、初めて人心地がついたのだつた。あの時に鶫が鳴かなかつたなら、私はあのまゝ気が変になつてゐたんぢやないかと思ふのである」

柳田研究家なら誰もが知っている挿話だ。しかし虚子の俳句が話題になるとき、その話を口にする人はひとりもいない。人間存在の不可思議に瞑目することが多い昨今だ。三木成夫著『胎児の世界』によれば、ひとつの命は、母のお腹のなかにいる間に三十億年分の夢を見ると語ってくれる。だから胎児は、わずか数日の間に、脊椎動物が海から陸上に上がろうとしたときの記憶さえあるという。畏敬する石牟礼道子さんは「一人の人間の実人生、その生涯、いかに平凡に見えようとも、一人の人間の生涯を超えるような文学はなかろうと思う。人間の生ま身と傷心の世界、人間存在よりも深い作品というものはなく、すべての宗教や文学は、人間存在への解説の試みなのだろう」（「名残りの世」）と言う。千葉俳句に通底するものがある。

屋久島に住む哲学・宗教学者の山尾三省氏が『自己への旅―地のものとして』で、四歳の息子道人《みちと》君が死の恐怖におびえる様子を書いている。ある夜、しくしく泣きながら、死ぬのが恐いという。「ミチトが死んだらどうなるの？」と母の順子さんに聞いている。山尾氏は「それが、幼年期の終わりを示している姿なのかもしれない。母のふところのなかで生死未分の時を過ごしてきた幼児が、死というもののあることに気づき、その恐怖で泣くというのは、裏返してみれば、初めての激しい生への意志なのではないだろうか」

山尾氏は、道人君が泣きじゃくってから数日経ったある晩、道人君を外に連れ出して二人で星空を見上げている。

南の山の上にはもうおとめ座の青星が出ていた。その右手からうっすらと天の川が流れはじめ、天頂に到るあたりは雲のように白く、小犬座のプロキオンが青白くきらきらと輝いていた（略）。私は道人にその星空を見せたいと思った。島で生まれながら暗闇というものを神経的に畏れる子であるが、ひとりで死ぬのは恐い、ということをすでに知ってしまった彼には、暗闇に光があること、夜空には星があることを体で知ってもらってよい時が来ていると、思われた。（略）

「ね、きれいだろ」

私は道人にささやいた。

「うん、こわいほどだ」

道人が答えたその瞬間、にわかに星空がぐうんと近づいてきたような感覚を、私は持った。内心であっと声を発しながら、その奥を見つめると、それまで見えなかった無数の星々が、奥の奥から次々とまたたき出てきて、空じゅうが星の海のようになってしまった。地上から星を見ているのではなくて、私自身が星の海そのものの中に立っているのだった。宇宙の中心から、星々は無数に泉のように湧き出してきて、私と道人をおおい、見れば見るほどその勢いは深くなるのであった。泉のように、きらきらちかちかと湧き出してきながら、私達の全身をおおうのであった。私達は、満天の涼しい火の海の中にいた。

蛇足を加えることはやめよう。千葉信子さんの『星籠』生誕を祝福したい。どうかお体を大切に、次の句集を鶴首します。装丁の高林昭太氏がカバーのモンゴルの星空の写真を手配してくれました。出版社主として刊行の遅延を心からお詫び申し上げます。

また息子の熱意に負けて句集を作ってしまった。当初「遺句集」を作るつもりで私の句を集めていたことは知っていた。ところが突然「僕には選句ができないし、やっぱり生きている内に出そうよ』と息子は六百句をどんと私の前に置いた。

尊敬する齋藤愼爾先生に「次の句集を出すときはお手伝いします」と言われたのが切っ掛けだという。そして最近「深夜叢書五十周年に合わせて作りましょう。句集は信子さんの長生きの薬になる」と励ましの言葉をいただき彼は舞い上がってしまったらしい。そんな愚直な息子を叱るわけにもいかず、半ば呆れて自分の句を選句し始めた。

とはいえ、私は大腸癌の開腹手術をしてから寝たきりになってしまった。東北大震災の日は、往診に来られた医師と看護婦に抱きかかえられて外に出たほどだった。

病気に加えて3・11以来私の何かが変わった。「3・11猫の仔を見失ふ」は大震災の日に作った句だが、私は父祖の地、福島県浪江町のことを考えていた。3・11は父祖の何もかも奪ってしまった。残されたのは記憶だけである。

　その上、原発事故で「フクシマ」の農作物は売れなくなったという。風評被害に心を痛めた男性が、奮起して福島の桃をトラック一台東京で売り捌いたという話を聞いた時、何もできない自分が悔しく、自分が自分で無くなるような不安に襲われた。

　この無力感が私の俳句を変えてしまった。息子の集めた六百句を二百四十句まで削ったのはこの無力感が関係しているかもしれない。

　このような経緯を思うと、多忙な齋藤先生には並々ならぬご配慮と貴重な時間を費やして句集を作っていただき、心から申し訳なく思います。「いつ死んでもいい」と思うほどです。そして何度も病室に来て励ましてくださった皆様、俳句教室の友人たち、また句集上梓に汗を流してくださった髙林様を始め深夜叢書のスタッフの皆様、ありがとうございます。最後に愚かな息子の熱意に感謝します。

空蟬のすがりし草の被災せり　　信子

千葉信子　ちば・のぶこ

一九三〇年、東京生まれ。一九五三年、「草笛」入会。草笛新人賞受賞。岩手県テレビ「俳句」に一年間、法師浜桜白先生と（ゲストとして）出演。この時期、加藤楸邨先生に師事する。一九五五年、「草笛」同人。一九九三年、「青樹」入会。一九九七年、「青樹」同人（二〇〇八年、「青樹」廃刊）。二〇〇五年、句集『縦の目』上梓。現代俳句協会会員、俳人協会会員。

◎現住所
〒二六三―〇〇二一
千葉県千葉市稲毛区轟町二―八―一―一一五
電話・FAX　〇四三―二八五―二六〇〇

句集　星籠《せいろ》

二〇一六年十月二十八日　初版発行

著　者　千葉信子

発行者　齋藤愼爾

発行所　深夜叢書社

郵便番号　一三四—〇〇八七
東京都江戸川区清新町一—一—三四—六〇一
Mail : info@shinyasosho.com

印刷・製本　株式会社東京印書館

©2016 Chiba Nobuko, Printed in Japan

ISBN978-4-88032-435-7 C0092

落丁・乱丁本は送料小社負担でお取り替えいたします。